智慧红星100颗

主编 淼　海

编写 小　洲

绘画 李　波

上海科技教育出版社

智慧红星100颗

3~4岁

主编 淼　海

编写 小　洲

绘画 李　波

上海世纪出版股份有限公司
上海科技教育出版社 出版发行

（上海冠生园路393号 邮政编码200235）

各地新华书店经销　上海图宇印刷有限公司印刷

开本：889×1194　1/24　印张：4

2006年8月第1版　2006年8月第1次印刷

印数：1－6500

ISBN 7-5428-4031-2/G·2330

定价：12.00元

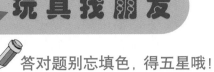
时间不早了，玩具们要回家了，哇，好奇怪！每个玩具都有一个自己的影子，请帮忙找一找。

答对题别忘填色，得五星哦！

看清楚了再连线呀！

  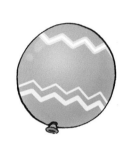

小雪花

清晨，天空雪花飘飘，其中有两对雪花是双胞胎。请你找一找，哪两对雪花是双胞胎？

可是我还没找到呢！

哈哈，我已经找到了！

雨点的歌声

下雨啦，大雨的声音是怎样的？大雨、中雨、小雨的声音一样吗？为什么？

答对题别忘填色，得五星哦！

大雨——哗啦哗啦

中雨——滴答滴答

小雨——淅沥淅沥

雨点一家唱得多好听呀！

爷爷奶奶来我家

答对题别忘填色，得五星哦！

星期一

星期二

星期三

星期四

妈妈不在家，爷爷奶奶来聪聪家住了一个星期，看看聪聪跟爷爷奶奶在一星期内做过哪些事？

星期五

星期六

星期日

好开心的一家子！

小鸟喝水

小鸟很想喝到瓶中的水，可是它够不着。它怎么才能喝到瓶中的水呢？

答对题别忘填色，得五星哦！

我想出办法来了！你呢？

小提示：家长可适当提示孩子，拓展思维，如"可用石块放在瓶中使水往上升"等方法。

圣诞老公公

答对题别忘填色，得五星哦！

圣诞老公公要出门去送礼物,请你帮他穿新衣。在数字"1"处涂黄色,"2"处涂红色,"3"处留白。

哈哈，圣诞节就要到了！

能干小子（一）

你会做下面哪些事呢？请在 ⟨⟩ 中涂上绿色。

答对题别忘填色，得五星哦！

这些小朋友真能干！我也要学着做。

答对题别忘填色，得五星哦！

你还会做下面哪些事情呢？请在 中涂上红色。

这些小朋友真能干！我也要学着做。

年 夜 饭

看看说说，今年春节的年夜饭你们全家是在哪里吃的？有哪些菜？一起吃年夜饭的还有谁？

答对题别忘填色，得五星哦！

吃年夜饭真热闹呀！

小提示：家长可引导孩子说出所画的各种菜肴、点心，并让孩子们在餐桌上添画些菜肴或碗筷等。

答对题别忘填色，得五星哦！

想一想，过年时，家里会购置哪些年货呢？请在○打"√"。

这些东西，我都想要哦！

11

过 年 了

答对题别忘填色，得五星哦！

过新年，穿新衣，要向长辈拜年，你会说哪些吉祥话呢？

过年了，嘻嘻，我又大一岁了！

春草满庭吐秀

百花遍地飘香

12

我知道的日子

你知道新年第一天是几月几日？你的生日是几月几日？3月8日是什么节？

✏️ 答对题别忘填色，得五星哦！

这些日子，我都知道！

一月						
星期日	星期一	星期二	星期三	星期四	星期五	星期六
①	2	3	4	5	6	7
8	9	10	11	12	13	14
15	16	17	18	19	20	21
22	23	24	25	26	27	28
29	30	31				

2006 年 3 月
8
3 月 8 日
星期三

我知道自己的生日：
_____月_____日

⑬

✎ 答对题别忘填色，得五星哦！

遇到老师、朋友时该怎么打招呼？想一想，你还知道哪些打招呼的方式？

哈罗，你好！哈哈，我也会说的。

一二三四五六七，
大家都是好朋友。

小动物们是怎样与树做朋友的？你有没有与树做过朋友？

嘻嘻，我也想加入！

我看到……

我听到……

我摸到……

我闻到……

飞舞的落叶

答对题别忘填色，得五星哦!

仔细看看，你觉得地上的落叶都长得一样吗？把落叶分类圈起来，并说说它们分别是从哪棵树上掉下来的。

哇，秋天到了，树叶飘落了。

好冷的天气

答对题别忘填色，得五星哦！

冬天到了，天气变冷了，园子里有哪些小动物不见了？它们都到哪里去了？为什么？

哇，天气好冷哦，我也该呆在家里了。

好冷哦！还有没有小虫呀？

蚂蚁呢？

小提示：答案是开放性的，如果孩子一时答不上来，家长可以适当启发。

 爸爸妈妈亲亲我

 平时，爸爸妈妈亲过你吗？他们亲你的时候你最想做什么？

✏ 答对题别忘填色，得五星哦！

妈妈亲我，好香好香，
爸爸亲我，好痒好痒。

好羡慕哦！

喂喂，你在说什么，我怎么听不见？

喂，你好！

他 们 是 谁

这些叔叔是干什么工作的？请你为他们找到工作上常用的东西。（连线）

答对题别忘填色，得五星哦！

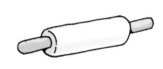
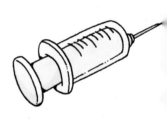

嘻嘻，都是有本领的人哦！

钓到了什么？

答对题别忘填色，得五星哦！

小猫和爷爷在钓鱼，你仔细看看，三根鱼竿分别钓到了什么？

这可是个难题！我答不出来。

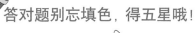

毛毛要找的玩具

✏️ 答对题别忘填色，得五星哦！

毛毛在柜子的搁板上找他喜欢的玩具。他要找的玩具必须在柜子的每层都出现过。你能帮他找出来吗？

什么玩具啊？
要看你的眼力哦！

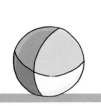   

彩带真漂亮

答对题别忘填色，得五星哦！

这么漂亮的彩带我也想做！

好奇怪的图形

左右两组图的视角不同，请你找出相对应的图。（连线）

答对题别忘填色，得五星哦！

这里的图形真怪，是什么呀？

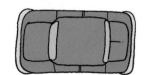

活动室的物品都打乱了。请你用线把物品连到适当地方，将活动室整理好。

答对题别忘填色，得五星哦！

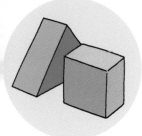

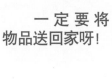

一 定 要 将
物品送回家呀！

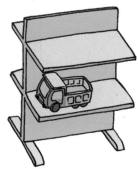

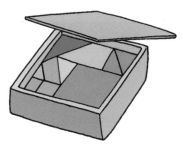

东西放在哪里（一）

动物幼儿园挂毛巾的地方，缺了谁的毛巾？放杯子处，谁的杯子放好了？

答对题别忘填色，得五星哦！

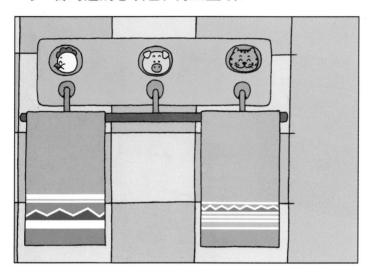

三个小动物手里的东西应放在哪里？（与上页相应位置连线）

答对题别忘填色，得五星哦！

它们在玩呀！

小兔住的房间舒适、整洁吗？需要改善吗？想一想，该怎么做？

答对题别忘填色，得五星哦！

咦，怎么这儿有点乱哦！

 小松鼠兄弟俩在干什么？它们做得对不对？请根据画面内容编个小故事。

✎ 答对题别忘填色，得五星哦！

 咦，这儿也乱哦！

 好朋友

 你有几个好朋友？请你说说他们的名字。

答对题别忘填色，得五星哦!

认识更多的朋友，请好朋友签名：

大家在一起
玩真开心！

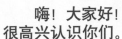

嗨！大家好！
很高兴认识你们。

30

搬新家了，真开心！

超　市

你喜欢去超市吗？哪里可以买到什么？玲玲的手里拿着几只苹果？

超市物品多，有肉有菜，还有面包和牛奶。

哇，品种真多呀！

甜蜜的家

答对题别忘填色，得五星哦!

我来想想看!

33

夏天到了，你最想做什么事？瞧，画面上的小动物们在干什么？你说说看。

答对题别忘填色，得五星哦！

我最喜欢水了！

秋天到，水果多

你尝过这些水果的味道吗？你能说出它们的名字和颜色吗？请将左右两边相同的水果连线。

答对题别忘填色，得五星哦！

秋天水果多

 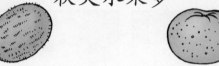

    •   •

   •   •

    •   •

   •   •

   •

啧，我真想吃呀！

•

35

你会把自己的玩具拿出来与其他小朋友一起玩吗？为什么？

哈哈，大家
一起玩才快乐！

娃娃家

✏️ 答对题别忘填色，得五星哦!

下面都是娃娃家的玩具，每一样东西都有它的好朋友，请你用笔连一连。

我会连线，你呢?

我上幼儿园

你能在幼儿园里和同伴友好地玩吗？

答对题别忘填色，得五星哦！

幼儿园
里真好玩！

爸爸妈妈去上班，
我上幼儿园，

我不哭，也不闹
看见老师叫声早

小动物在跟玲玲说什么？玲玲对妈妈说了些什么？你也学着和别人打招呼好吗？

✏ 答对题别忘填色，得五星哦！

我也会说，早上好！

玲玲跟妈妈出门去，小猫见了就叫："喵呜！喵呜！"

小狗见了就叫："汪汪！汪汪！"

玲玲问妈妈："它们在叫什么呀？"妈妈说："他们都在对你说'早上好！'"

玲玲听了说："妈妈，我也要对朋友说'早上好！'"

好玩的风

答对题别忘填色，得五星哦!

平时能"看"到风吗? 你怎么知道风和我们生活在一起? 可以做些什么玩具和风一起玩呢?

答对题别忘填色，得五星哦！

我也想吃！

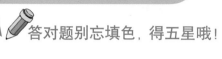

怎样的顺序

答对题别忘填色，得五星哦！

下面的小动物在前一页里分别是什么位置？请将序号填在方格里。

可不要填错哟！

42

春天的比赛

请说说哪些小动物参加了比赛？并说出它们各自的名次。谁跑得最快，谁跑得最慢？（连线）

不同的温度（一）

答对题别忘填色，得五星哦！

试着读图中的温度计。说说冬天和夏天的温度一样吗？一般为多少度？用什么方法能调节房间内的温度？

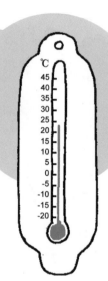

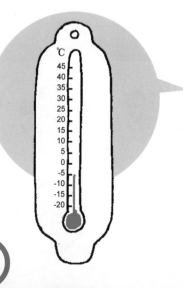

不同的温度（二）

请仔细看第44、45页的图画，牢牢记住。然后关上书，说说这两页的内容。

✏️ 答对题别忘填色，得五星哦！

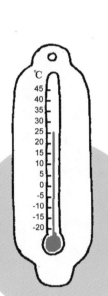

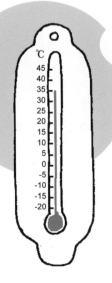

有点难哦，
要看仔细了！

图中都有哪些小动物，它们分别在干什么？图中一共有几朵红色的花？

答对题别忘填色，得五星哦！

太好玩了！

 **自己的事情自己做**

自己能做的事自己做，才是一个好孩子。你会做哪些事情？请在 中打"√"哦！

答对题别忘填色，得五星哦！

用打勾表示哟！

上奶奶家

小红上奶奶家，必须按"1~10"的顺序走。请你将小红去奶奶家的路连成线，好吗？

答对题别忘填色，得五星哦！

这怎么走呢？

48

三月八日

三月八日是什么节日，你知道吗？你要为妈妈做一件什么好事呢？快说给妈妈听！

答对题别忘填色，得五星哦！

今天是什么日子呀？

2006 年 3 月
8
3 月 8 日
星期三

爱清洁小子

答对题别忘填色，得五星哦！

图中的小朋友分别在干什么？你平时是怎样来保持身体清洁的？

喷喷香哦！

认识新朋友

你喜欢认识新朋友吗？你认识外国朋友吗？说说看。

答对题别忘填色，得五星哦！

我在梦中认识了不同地方的人，还跟他们做了好朋友！

小提示： 图中的小朋友肤色各有什么不同？你属于哪种人？

51

天上星亮晶晶

答对题别忘填色，得五星哦！

数一数，天上有多少颗星星？大星星有几颗？小星星又有几颗？大星星多？还是小星星多？

哟，我也会数呀！

图中小动物的哪些动作危险？哪些安全？请在 ⟨⟩ 中用 "√" 或 "×" 做上不同的标记。

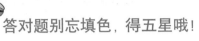

答对题别忘填色，得五星哦!

哟，好危险呀!

天气小统计

答对题别忘填色，得五星哦！

一个星期有多少天？图中一星期内晴、阴、雨分别有几天？请把答案写在合适的横线上。

星期一

星期二

星期三

星期四

星期五

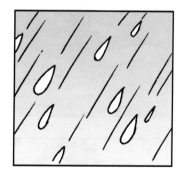

星期六

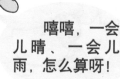

嘻嘻，一会儿晴、一会儿雨，怎么算呀！

星期日

晴 _____ 天

阴 _____ 天

雨 _____ 天

空 和 满

图中哪些盛器是空的？哪些盛器是满的？

答对题别忘填色，得五星哦！

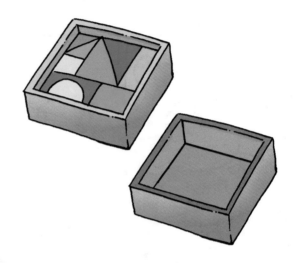

嘻嘻，一点不难，我都知道！

饮食卫生

答对题别忘填色，得五星哦！

先看上图，说说马路边的无证熟食清洁卫生吗？再看下图，想一想食品数量的一半是多少？把答案写在 □ 内。

嘻嘻，吃东西一定要注意卫生哦！

小熊胖胖吃饭总有饭粒从嘴巴里掉出，妈妈说："胖胖下巴有小洞洞！"胖胖下巴真的有洞洞吗？

小提示：家长可先让孩子说说自己平时是怎样吃饭的，再让孩子根据图的内容编个小故事。

一年有几个月

一年有多少个月？你最喜欢哪个月份？为什么？

答对题别忘填色，得五星哦！

节　日

说一说，一年十二个月中，分别有哪些节日？

答对题别忘填色，得五星哦！

日子过得好快，我又长了一岁！

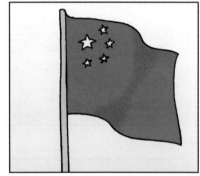

助人为乐

平时我们除了要做好自己的事情外，还要根据自己的能力去帮助别人。你帮助过别人吗？

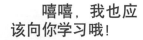
答对题别忘填色，得五星哦！

嘻嘻，我也应
该向你学习哦！

小提示：说说图中的小动物是怎样"助人为乐"的。

马路上有些什么车？它们是怎样鸣笛的？你模仿一下吧！你喜欢哪种车？为什么？

寻 花 朵

答对题别忘填色，得五星哦！

找找看，在幼儿园和住家小区有没有这些花朵。找到了，请在 里涂上自己喜欢的颜色。

啊，好漂亮的花儿哦！

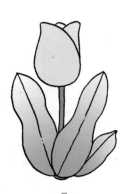

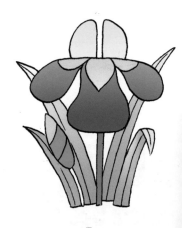

原来风儿藏在这里呀！

宝贝动物

你想当个小小侦探家，快来找找看，园子里有哪些小动物？

答对题别忘填色，得五星哦！

要仔细点哦，很难找的。

快来看！有2只蚂蚁！

64

机器人出考题

机器人出了几道题，要考考小朋友，每题有两个供选择的答案，请选出正确答案。

答对题别忘填色，得五星哦！

小狗咪咪叫！

爸爸是：

男　女

小狗叫声：

咪咪　汪汪

我来出题你来猜！

所有戴眼镜的
人都是近视眼：

对　错

所有头发白的人
都是老年人：

对　错

65

左左右右

答对题别忘填色，得五星哦！

请给图中小怪物的左手、左脚涂上红色，给右手、右脚涂上黄色，别搞错哦！

哟，好难分呀！

小熊看见了什么

小熊看见了发生在花园里的两件事，你能看图说出来吗？它们做得对不对？

答对题别忘填色，得五星哦！

哟，不可以的。

✏️ 答对题别忘填色，得五星哦！

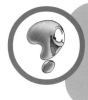

小毛毛会撕纸，你会撕纸吗？你也来学着撕撕纸，想想撕出的纸像什么，然后编几句儿歌，好吗？

慢点，带我一起来。嘻嘻！

撕呀撕，撕呀撕，
撕出一对"大耳朵"，
我和八戒做朋友。

68

红色和绿色是小朋友喜欢的颜色，请你模仿诗歌的节奏，也来学着编一编好吗？

✎ 答对题别忘填色，得五星哦！

我喜欢气球，
我喜欢红色的气球，
我喜欢绿色的气球，
我喜欢红绿相间的气球，
我喜欢两只黄色的气球，
我喜欢两只蓝色的气球，
我喜欢一串五彩缤纷的气球，
带我到空中去玩耍。

怎么，我喜欢的你也喜欢！

69

看看周围还有哪些事物也是成双成对的？找出来，再编个有趣的儿歌吧！

答对题别忘填色，得五星哦！

左手右手，成双成对；　　左耳右耳，成双成对；
左脚右脚，成双成对；　　左眼右眼，成双成对。

咦，我的鼻孔也是成双成对的啊！

家中的好帮手

家中的常用工具有哪些？你会使用吗？请试一试吧！

答对题别忘填色，得五星哦！

咦，这些工具怎么用啊？

我家的厨房

✏ 答对题别忘填色，得五星哦!

你家的厨房里有什么东西? 这些东西分别是干什么用的? 为什么小孩不能随便进厨房?

小孩不能进厨房!

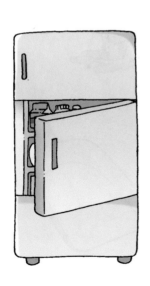
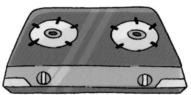

72

节约用水

小朋友，我们的生活离不开水，说说看，哪些地方有水？水有什么用处？怎样节约用水？

答对题别忘填色，得五星哦！

嘻嘻，我最喜欢水了！不过，我会节约用水的。

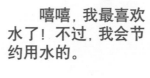

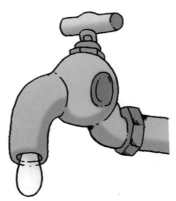

答对题别忘填色，得五星哦!

说出下面各幅图的主要内容，注意了，一幅图只能用一句话说哟!

嘻嘻，本来我就只会说一句话。

小调查

答对题别忘填色，得五星哦！

请你调查一下，哪些人喜欢晨练？他们都练些什么？并用自己喜欢的方式记录下来。

嘻嘻，这里真热闹！

每天清晨，有许多人到街心花园、小区健身区等地方去晨练。

晨练内容：

小提示：家长可让孩子用笔在方框内简单画出来。

75

答对题别忘填色，得五星哦！

爸爸的爸爸是爷爷，　　妈妈的妈妈是外婆，　　还有姑姑、姑夫和阿姨，

爸爸的妈妈是奶奶，　　妈妈的爸爸是外公，　　哥哥、姐姐、弟弟和妹妹，

我们都是一家人。

我也有一家人！

好玩的声音

试着在家里敲打下列物品，模仿一下它们发出的声音，并说说这些声音像什么？实验后，用自己的方式记录下来。

答对题别忘填色，得五星哦！

丁冬，丁冬，
哈哈，真好听！

小猪办画展

小猪办画展，很多小动物都来参观，请仔细看图，并用一句话表述内容。

嘻嘻，画得不错，但话很难说哦！

答对题别忘填色，得五星哦！

说说，谁是长耳朵、圆耳朵、尖耳朵的动物？它们分别在做什么？它们喜欢吃什么？请连线。

这样比不公平呀！

比高低

答对题别忘填色，得五星哦！

长颈鹿和大象比高低，你说谁高？谁矮？并说说为什么。

80

彩色的梦

你做过梦吗？你的梦是怎样的？小草、小动物的梦是怎样的？编一首有关它们做梦的儿歌。

答对题别忘填色，得五星哦！

太阳的梦是红色的，
月亮的梦是蓝色的，
星星的梦是金色的，

白云的梦是银色的。
我的梦是彩色的。
……

多美呀！

是不是搞错了？

小提示： 鼓励孩子充分展开想象，只要说得合理就可。

森林里的故事

✏️ 答对题别忘填色，得五星哦！

想一想，说一说，图中的小老鼠会对大象说什么？大象又会对小老鼠说什么？

真有趣的画面！

答对题别忘填色，得五星哦！

小动物们正在进行跑步比赛。请说出跑得最快的运动员是几号？最后一名是几号？为什么？

各就各位——预备！

 分 一 分

 胖胖熊把它的一些东西分成了两份或四份。请说说图中哪些东西是分成两等分的？哪些是分成四等分的？

✏️ 答对题别忘填色，得五星哦！

我来找！

85

小鸡、小鸭、小白鹅分别排队去春游。可有一只小鸭、小鸡、小鹅站错了队，请把它找出来。

站错队了！

找 小 明

在人群中，小明是头戴帽子、身穿短袖衫，手抱球的那个，你能一眼找出来吗？

答对题别忘填色，得五星哦!

我找不出来，你呢？

漂亮的衣服

请仔细辨认一下，小白兔们身上穿的花衣服分别是用哪块布料做的。（连线）

答对题别忘填色，得五星哦！

小白兔的新衣服真漂亮！

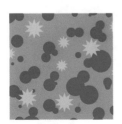
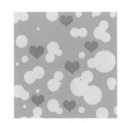

小猫捕鱼

✏️ 答对题别忘填色，得五星哦!

星期天一大早,小花猫就来到河边捕鱼。它一网撒下去,捕了好多鱼。数数看,小猫一网捕了多少条鱼?

我也喜欢吃鱼,
小花猫送我两条。

篮球赛（一）

森林动物篮球队正在举行比赛。请仔细观察，上半场共有几个队员参加？

答对题别忘填色，得五星哦！

比赛好激烈呀！

下半场场上还有几个队员？谁替换上场了？谁下场休息了？

答对题别忘填色，得五星哦！

哇，好像有队员换掉了！

12 : 6

91

滑　　梯

想想看，这些小动物中哪个会最先到达地面？说说理由。

答对题别忘填色，得五星哦!

可要好好动动脑筋哦!

怎么办

答对题别忘填色，得五星哦！

小事一件！

鸡妈妈找小鸡

鸡妈妈孵出好多鸡宝宝，可它们不知上哪儿玩去了，鸡妈妈好着急，帮鸡妈妈找找鸡宝宝吧！

答对题别忘填色，得五星哦！

我也很着急呀！